현대시세계 시인선 166

그 속 알 길 없다

김영희
시집

그 속 알 길 없다

김영희
시집

도서
출판 북인

울림 깊던 항아리의 깨진 사금파리처럼
날카롭던 사유에 베인 상처를 더듬으며
심상의 조각들을 주워 모았다
울림이 사라진 조각난 문장들
모서리 닳아버린 기억 희미하다
잊혀진 언어들을 모아 지난 상처를 달래본다

2024년 6월
김영희

차례

1부

우수

입동에 떠난 이 소식은 멀고
강물은 닫혔다
마음 언 그 사람 강물 깊어지면 풀리려나

입춘 무렵

마른 취나물 다래순 조바심으로 바스락거린다

까칠하게 부서지는 묵나물 초조하다

서둘러 더운물에 담갔다

묵은 봄, 물속에서 느긋하다

순해지는 겨울의 끝자락

발 문수 커진 해, 그림자 한 뼘 늘었다

봄, 길을 잃다

해묵은 화살나무 우듬지 잘렸다

봄의 심장을 겨냥하던 큐비드의 화살

봄, 앞다퉈 가슴 열게 하던 화살나무

그 화살나무 시위 당기면
담장 밖 기웃거리던 매화 입속에 가뒀던 웃음
잇몸 환히 부풀었다
언덕 위 빈 집 지키던 백목련 빗장을 풀었다

봄의 심장을 겨냥하던 큐피드의 화살

꽃샘바람 길을 막아도 봄을 명중하던 명사수

그 화살나무 사라진 자리 심장 잃은 봄 제자리 맴돈다

미안하다, 단풍아

어린 단풍을 입양했다

서너 해 지나니
담장보다 목고대* 하나 더 자란 그 녀석
날마다 담 너머 기웃기웃
시침 따고 있다가
쥐도 새도 모르게 담을 넘었다
한여름 시퍼렇게 자라던 월담의 버릇
알 듯 모를 듯 눈속임 자라더니
몽니 부리며 어깃장으로 심술키운다
함부로 내민 두 팔
제멋대로 담 넘어 잡히는 대로 찌르고 할퀴어
겨우내 두고 보다가
몽니 부리던 어깃장 모두 잘랐다

폭포처럼 쏟아진 눈물 발등까지 홍건하다
겨울잠 덜 깬 저녀석 제 눈물에 제 몸 다 젖는다

*목을 가리키는 영서지방 방언. 모가지와 비슷한 말.

경칩

한겨울 어느 절에서 수행을 하셨나
목탁 소리 앞세워 관세음보살 요란하더니
입동도 안 돼 보이지 않던 탁발승 와蛙
동안거 들어 묵언수행 중이라는 풍문돌더니
쑥 캐러갔던 어느 보살이
수룸재 골짜기에서 봤다던데

연분홍 치마 휘날리더라

＊샤링
나이가 겹겹의 잔주름을 만드는 날들
개울물 들여다보니
물이 얕을수록 물주름 가늘다
시폰, 물빛 원피스처럼 물속 훤히 보이는 개여울
자갈자갈 물소리 자즈러지니
놀란 여울이 물밑을 당긴다

＊맞주름
개여울 가로놓인 징검돌 아래로
마주보는 물살 흐른다
무거운 돌 얹은 가슴 멀쩡할 리 없지만
징검돌 아래
마주보며 흐르는 물주름 다정하다

＊개더주름
속 깊은 강물도, 스치는 봄바람에
물주름 접어가며 설레이던 날

연분홍 치마가 봄바람에 휘날리더라

＊샤링 : 한 줄로 박음질해 밑실을 당기면 생기는 잔주름, 얇은 천에 주로 사용한다.
＊개더주름 : 한쪽으로 접어가는 주름.

조숙증

저 어리광 어쩔거나
봄, 중천이 되어도 한겨울인 양
꿈쩍도 않는구나
입하 앞두고야 슬그머니 떠보는 눈
솜털조차 나지 않는 저 철부지
벌써 꽃이 피었네
어느새 기웃거리는 벌, 나비
잎, 자라지도 않아 달거리부터 온
조숙증, 저 대추나무

사월, 종패 양식장

초록초록 어여쁜 조가비 돋아난다

해마다 가마니로 진주 거둔다는 저 종패 양식장, 가두리
조차 없다

허공에 매달려 상처 하나씩 품고 자라는 어린 조가비들

가을이면 누런 패각으로 버려질 운명 알기나 할까

향교골 은행나무 초록초록 진주조개 돋아난다

하지

온동네 밤꽃으로 환했다

꽃냄새에 동네가 어질어질했다

올망졸망 꽃 진 감자싹을 당기자
닭알같이 귀여운 감자알이 달려나왔다

해마다 빈 싹만 무성하게 키우다가
그해
처음으로 실한 감자를 캤다

아들이 태어나던 유월 스무하루즈음이었다

초여름

젊은 아빠와 어린 아들 징검돌 건넌다
손을 꼭 잡고 건넌다
강물, 징검돌 머리맡 휘돌아 큰 물살로 달음질친다
낮은 징검돌 위 제자리 맴도는 어린 강물
젊은 아빠 길 잃은 물 위 가만히 발 얹는다
제자리 맴돌던 물살 길을 찾았다
강 건너 메꽃이 환하게 웃는다
초여름 햇살 강물 위에 보석처럼 빛난다

시무나무 가시 박힌 적 있다

깨진 유리조각처럼 햇살이 눈에 박히는 오월
박힌다는 것은 고통이다
오른쪽 손바닥 시무나무 가시 박힌 적 있다
목화밭 언저리 서 있던 뽕나무
오디가 익어갔다
몽유처럼 검붉은 열매만 따라가다가
돌각사리*에 넘어졌다
뒤뚱거리던 발밑의 불안함
밟힌다는 것이 어떤 아픔이란 걸 알 리 없는 나이였다
깨진 돌 조각들의 모난 항거에
항복하듯 무릎 꿇으며 돌각사리 손바닥으로 짚었다
새 뿔이 돋으면 묵은 뿔은 저절로 떨어진다는 노루나 사
슴처럼
돌각사리 위 시무나무 묵은 가시 수두룩 떨어져
어린 단풍잎 같은 손바닥에 박혔다
한번 찔리면 시무날**을 앓아서 시무나무라는
묵은 사슴뿔 같은 가시 박힌 손바닥
그해 오월
빠지지 않는 미늘 달린 가시 품고 홀로 스무날을 앓았다
이맘때면 늘 손바닥이 성을 낸다

24

*깨진 산돌 조각들이 무더기로 있는 돌밭.
**스무날의 방언.

불법체류자

거친 손 내밀어 무른 살구 떨궈주던
옆집 살구나무
초여름 태풍에 풋살구 쏟아놓고,
사글세로 버티던 옆집
독거노인처럼 시름시름 시들어갔다
살아도 산 목숨이 아닌 노인과 살구나무
그 노인 떠나자
국적도 불분명한 이방인들 모여든다
어쩌다 국외자들 세상이 되었나
수십 년 불법체류, 이웃
눈길 피한 환삼덩굴 환상처럼 다가온다
눈엣가시가 된 저 푸른 가시덩굴
겨우 생 버티고 있는 살구나무 천연스레 기어올라
지문마다 손바닥 같은 제 얼굴 복사한다
사망신고 되지 않은 호적에 제 생을 얹는 저 불법체류자

위대하다

큰물 들었다 나간 오트카운티* 앞 홍천강변
입을 닮은 커다란 웅덩이 생겼다

어느 별에서 내려왔나

무엇을 삼키려 저리 큰 입을 가졌나

강바람 오수에 든 시간
숨소리 하나 들리지 않는 적요
저 커다란 입
이십층 아파트 서너 동 입안에 넣었다
저 엄청난 것들 한입에 넣다니
아래 세상 살피던 하늘, 낯빛 새파랗다
선잠깬 강바람 어리둥절 헛기침에
치아 하나 없는 저 대식가
어물쩡
아파트 몇 채 순간에 삼켰다

*아파트 이름.

월매*에 취하다

설중매 다녀가고 백매 홍매에 취해 산다고
아래녘 매화 소식 날마다 카톡카톡
삼월에도 눈이 오고 사월에도 녹지 않는 이곳은 한겨울
일지매도 아니오고
청매는 더 멀었고 설향매 기다리던 마음
진작에 접고 앉아
월매하고 친구하다 월매야 네 본적은 어디냐
너도 매화 아니더냐
물매가 왔다가 박장대소한 이름
월매향이 물매향보다 짙더라
이제부터 너도 매화에 호적 올리자
뽀오얀 살내 너의 향에 취해버렸다

*막걸리 이름.

캉캉춤을 추는 여자들

조명도 없는 좁고 음산한 무대
버블쇼 함께
캉캉춤을 볼 수 있는 곳
풍성한 주름의 캉캉치마를 입은 무희들
스페인 댄서들의 정열이 생각나지
천천히 관객석으로 입장하다보면
무희들 현란한 스텝으로 다가오고
배우도 관객도 하나가 되는 시간
워터쇼를 시작으로 버블쇼 환상으로 다가오지만
솜사탕 같은 달콤함은 기대하지 마
한여름 흰구름 같은 거품도 상상하지 마
당신은 금방 무희들의 현란한 캉캉춤에 빠지게 될 거야
댄서들의 정열적인 춤
무리한 몸짓이라 생각하지만
한 점 오차 없는 화려한, 턴이 숙련된 고수들이야
무지개가 보일 듯 분수가 고조에 달하면
엔딩이 가깝다는 거지
현란했던 공연의 엔딩을 장식하는 건 무명배우들이지
공연은 길지 않았고 댄서들은 정열적이었어

자동 세차장 캉캉춤을 추는 댄서들

2부

슬픔

강물이 깊으면 소리나지 않는 것처럼
슬픔 깊을수록 소리낼 수 없는 거라고
네가 떠나던 날 홍천강이 알려주더라
깊이조차 알 수 없어 보일 수 없는 슬픔
심해보다 깊고 어두운 울음

장마

한 달째 젖어 있는 칠월 온통 울음 머금더니
더 이상 견디지 못해 터지고 말았다

명치끝에 쟁여뒀던 울음 터질 때는 하냥 기다릴 밖에
한없이 우울했다가 느닷없이 환해지는

국지성 소나기 퍼붓다 멈칫한 시간
한바탕 울음 쏟아놓고 시침떼지만

물먹은 가슴 건드리면 맥없이 무너지는

강물은 조울증의 계절을 안고 벌건 흙탕물로 흘렀다

칼국수를 먹는 저녁

겨울 철새처럼 떠난
너의 안부를 기다리다
소리없는 울음, 젖고 또 젖었다

물렁해지는 슬픔

너의 소식, 날 지나간 국수발처럼
이어질 듯 끊어지기도 했지만
끊어질 듯 이어지기도 했지만
아직 식지 않은 그리움 애써 담아보는 어스름

불어버린 슬픔이 툭툭 끊긴다

어떤 이별

심장 한 쪽을 떼어냈다
나를 숨쉬게 하고 내 몸에 피를 돌게 했던 너
오른쪽 늑골 아래 보호받아야 할
네가 떠났다
우심방이 사라진 몸을 육신이라 부를 수 있을까
기형의 가슴으로 살아가야 할 날들
늑골 아래에서
수시로 보내던 구조신호를
그때 왜 몰랐을까
욱신거리는 통증이 흔적으로 남아 있는 자리
떠나버린 한 쪽 심장, 이식도 할 수 없어
껍데기뿐인 몸이
물먹은 비구름처럼 무겁다
는개로 젖는 늑골 아래
낙수도 천 년 바위를 뚫는다는데
나도 천 년 고인돌로 기다리면
떠난 심장 새살 돋으려나
소나기처럼 소리내 울 수 없어
는개로 젖는 눈물
네가 떠난 자리 슬픔이 고인다

신사와 아가씨*

그가 말을 잃었다

어린 아가씨와 화음을 맞추던 그는 신사였다
서툰 조율의 시간이 지나고
그녀의 반주에 세레나데를 부르던 그
틈만 나면 음계를 찾아 속삭이던 사이였다
하루에도 몇 번씩 화음을 맞추던 신사와 아가씨
영원할 것 같던 아름다운 화음도
그녀 새 파트너를 찾아 떠나면서 끝났다
신사의 닫힌 입은 한 달 두 달이 지나도 열리지 않았다
닫힌 시간이 길어질수록 삼킨 눈물이 가슴을 적셨다
가슴이 젖는다는 것은 치료해야 할 중중의 실어

복원될 수 없는 분실된 시간들

그의 실어를 치료할 그녀는 떠났고
새로운 사랑은 찾아오지 않았다

거실 한 구석 정물로 남아 있는 딸의 피아노

*드라마 제목.

문신文身

마취되지 않은 이별이 아프다
너는 떠났고
쓰디쓴 알약처럼 쓰라린 흔적만 남았다
알약을 삼키듯 날마다 눈물을 삼켰다
아픈 시간들이 모여 쓰라린 추억이 되어도
치유되지 않는 상처
타원형의 푸른 알약에 새겨진 처방이 가슴을 훑는다
언제쯤이면 눈물을 삼키지 않아도 될까
떠난 것들은 돌아오지 않고
남기고 간 흔적들은 지워지지 않는다

우기의 여자

그녀에게서 비 냄새가 났다

그가 떠나던 날 종일 비가 내렸다
폭우에 잠겨버린 그녀

불어난 황톳물처럼 통곡으로 젖었다
처음으로 소리내 울었던 그녀
계절이 바뀌면 돌아올 거라 믿었다

기다림 길어질수록 눅눅해지던 슬픔
계절이 바뀔수록 그리움도 축축해졌다

가끔
눈물 사이로 반짝 웃음 보이기도 했지만
마르지 못한 슬픔, 비 온 뒤 거미줄에 매달린 물방울처럼
웃음의 그늘이 위태로웠다

사계절 내내 젖어 있는 그녀
마른 적 없는 그 여자

그녀의 계절은 늘 비가 내렸다

울컥이란 놈이

내 안에 울컥이란 놈 산다

소식 먼 아이 방문을 열면
명치 끝 치받는 그놈
아이가 두고 간 내음 지워지지 않아
그리움 슬픔으로 다가오는 날
그 몹쓸놈
눈물까지 끌고 와
몇 번씩 명치 들이받는다
기운센 그놈
받은 자리 또 들이받아
명치 밑에 숨었던 울음 기어이 끌어낸다

조장鳥葬

마당 배나무에 까치밥 두 개 매달렸다

봄에 입힌 낡고 찢어진 종이 옷이 찬바람에 펄럭인다
겨우 목숨 부지한 지치라기* 생이라지만
찢어진 옷 사이로 드러난 맨살
늦가을 찬바람에 오소소 소름돋았다
밭머리 풀씨로 떨어졌던 개비름 우쭐 자랐다가
된서리에 꺼멓게 죽은 아침
마을로 내려온 물까치떼 남루를 걸친 언 배
암癌 든 속살까지 쪼아댄다

*찌꺼기나 부스러기의 영서지방 방언.

슬플 애哀

언덕위바다*에서 대구탕을 먹었다

하얀 살점이 끓고 있는 국물 속에 맑은 슬픔이 우러나고 있다

오래 품지 못한 알들이 끓고 있다 애간장도 함께 끓고 있다

애가 녹았다

*속초에 있는 식당.

비문碑文

한낮 달궈진 시멘트 농로 위에
양각의 육서肉書로 남아 있는 지렁이의 서체
미완의 글자들이 젖어 있다
어떤 절박함이 뜨거운 길 위에
남은 생을 다해 육서를 쓰게 했을까
제 몸을 붓 삼아 행간도 없이 새기다 멎은 문장
무슨 말들을 남기고 싶었나
죽음 뒤에 남기고 싶은 문장이 무엇이었을까

아무도 읽을 수 없는
미완의 글자들이 햇볕 아래 비문으로 남아 있다

조문弔問

한바탕 장마 지나가고
물 빠진 지하실 앞, 숨진 지렁이 둘
S와 C를 그리고 있다
끝까지 보내지 못한 미완의 SOS
누가 부고를 보냈는가
개미들의 조문이 줄을 잇는다

호박

텃구렁이 함께 나이 들어가던 집
집 떠난 주인 소식이 멀고
목 뺀 기다림 지붕 위 올랐다
그리움 커질 때마다 한 뼘씩 자라던 넝쿨
한여름 시퍼런 응어리 맺히더니
무서리 속 해탈을 꿈꾸나 가부좌하고
미동조차 없는 저 황구렁이

이끼

밤의 고열이 계속되었다

구월이 가만히 이마를 짚는다

아열대 우기처럼 일주일째 비가 내렸다

간절기 열 내리는 소리

한 호흡의 침묵, 축축하다

지친 계절이

푸른 녹錄으로 누워 있다

불면不眠

소리가 개미처럼 기어온다

온몸을 기어오르는 스멀거림이 잠을 갉아먹는다

소리에 물린 자리마다

구멍나고 해진 잠이 앙상한 무릎으로 어둠을 헤맨다

너덜거리는 잠이 아프다

밤을 삼킬수록 어둠은 야위어간다

야윈 어둠의 신음이 깊다

새벽의 뒤에 숨은 잠

찢어지고 상처난 잠을 새벽이 핥는다

3부

청보라, 그 그리움

석화산 오르는 길, 용담 환합니다

하늘을 이고 있는 저 깊은 언어들이
청보랏빛으로 물들었습니다

시간이 멈춘 행간마다
층층으로 걸어놓은 푸른 사연을 읽으며
밑줄친 문장 하나 찾아봅니다

그리움의 경계가 흔들리는 슬픔의 감정선
그대와 나의 거리는 무엇입니까

문득, 바람이 스칩니다

그리움 에둘러 써내려간 저 푸른 은유

이 계절 등 돌리기 전
청보라 푸른 안부를 전합니다

분재원에서

나는 자랄 수가 없었어요 대륙의 여인들 어릴 때부터 무
명으로 발을 감아 자라지 못하게 했다는 전족의 관습처럼
단단한 규율로 싸매놓은 나의 스무 해 어려서 좀 남다르다
고 특별한 계급층으로 만들려던 것은 당신들 욕심 아닌가
요 어여쁜 자세를 핑계로 무릎 구겨 앉히던 고통 더 자라기
전 쓸모없는 고집은 꺾어야 한다고, 팔다리 묶던 체벌 여린
삶을 파고드는 훈계들이 너무 힘들었어요 어머니 조금만
풀어주세요 나도 마음껏 기지개켜고 발 뻗으며 자라고 싶
어요 아버지 알면 큰일난단다 날마다 견뎌야 하는 고통스
런 훈계나 체벌보다 또래의 삶이 궁금했어요

자! 이제 세상 밖을 보아라!

스무 해 만에 내 삶을 감았던 철사줄 같은 규율을 풀었을
때 나는 그 어디에도 없었어요 틀에 갇힌 생각은 더 이상
자라지 못했어요 당신들이 만든 규율의 혹독한 교육 특별
한 존재가 아닌 세상의 이단아가 되었으니까요

그 속 알 길 없다

최씨네 할머니
할아버지 떠나고도 십여 년 함께하던
늙은 집 홀로 두고 서울 아들네 갔다
봄이 되면 올 거라고 떠났다
혼자 남은 집
그동안 무슨 꿍꿍이가 있었나
할머니 떠나자
노숙하는 것들 모두 불러들였다
앞마당 뒷마당 빈틈없이 불러들였다
음흉한 저 속 알 길 없어
전세금 커녕 월세 보증금 하나 없는 것들
무슨 작당을 하려고 저리 불러들이나
텃구렁이 떠난 그 집
꽃뱀 앞세워 기획부동산을 하려나
길고양이들도 방 한 칸씩 차지했다

눈雪의 망명

하늘이 내려앉았다

궁적산, 머물던 눈발이 마의태자 망명길처럼
궁지기를 벗어났다

쫓기듯 궁적산 떠난 눈발, 큰 성골 돌아 작은 성골, 응당
들로 내달아 안말 귀새밖 벗어나니 버덩말 나븐들이다
성긴 삼베 같은 눈발 앞을 가린다

소리 없는 아우성으로 쏟아지는 눈, 겁도 없이 나븐들 경
계선 지우며
가래질 못해 주저앉은 논두렁 덮는다

나븐들 지나 호랑이 수시로 출몰한다는 구석들샘 지나,
안 산 발허리 돌아 옻남울
더르래기 엉덜 바위 지나자 다 해진 눈발 독족골 숨어들
며 진눈깨비로 흐느낀다

*신라의 마지막 왕자 마의태자가 궁적산(공작산) 궁지기 벗어나 홍천 서석
행치령을 넘어 인제 땅 갑둔리에 머물렀다고 한다.

54

헛,개소리

연두가 초록을 건너느라 사월이 소란스럽다
사월이 아무리 소란스러워도
죽은 소귀신처럼 겨울을 물고 늘어지는 놈 있다
눈 딱 감고 죽었소 잠든 척하는
꼬집어보면 거친 살갗
속살이 연두하다
오월이 낼모레인데
잎도 눈도 닫고 꿈쩍않는 저놈
겨우내 퍼마신 찬바람에 취했나
숙취가 깊어 눈뜨기가 싫은가
술도 그 곁에 가면 물이 된다는 염력
모두 헛,개소리였나
언바람에 취한 제 몸도 깨우지 못하는 저 헛개나무

횟배를 앓던 아이

늘 횟배를 앓던 아이
동갑내기보다 키가 한 뼘은 작아 늘 앞자리 앉던 아이

열세 살 삼월, 중학교 입학하고
오월 첫여름부터 교복을 입으라 했다

아버지는 읍내 신풍라사 남자 재단사에게
검청색 세루 교복 치마, 허리 접어
오금 한 뼘 아래로 재라 하고
옥양목 흰 브라우스 단추 세 개 중 두 개를 잠가도
훌러덩 벗고 입을 수 있게 하라 했다

어영부영 훌러덩한 일학년이 지나고 헐렁한 교복이 부끄
럽던 이학년이 지나고
    브라우스 가슴이 팽팽해지던 삼학년 여름방학
    쇠빠라께미* 숨어 목욕하다 몸에서 뭉클 번지던 모란 꽃
잎보다 붉던 물빛

    껍질 벗겨 물에 담그면 짙은 하늘빛이 되던 물푸레 몸빛
이 몽환적이던 날이었다.

*쇠빠라께미 : 소 빠진 소㓒가 있는 부근이라고 유추해보는, 원주민들이 부르
는 숨겨진 소㓒가 있는 여울이 함께하는 곳의 지명.

거문골 문지기

서정께 상여집 지나 거문골 입새 홀아비 그 사람

마누라 자식내 하다 진자리서 보내고

젖내 가시지 않은 두 딸 하고 거문골 문턱에 살던 사람

신새벽 몰래 드나들던 타동 약초꾼 산뽕꾼 헛기침 한번으로

내쫓던 거문골 문지기 그 사람

산등성이 구구하던 산비둘기보다 거문골 한나절 더 훤하던 사람

개호주 내려와 어미개 물어갔다는 거문골 입새 그 집

머시마 딸린 과부 한 보름 살다 갔다는 소문 뒤

새 마누라 들였다는 소식 없던 그 사람

환갑 지나도 동네사람들 헝걸이라 부르던 사람

동네 어린것들 덩달아 헝걸이 헝걸이 하던 거문골 문지기 그 사람

동네 울력에 힘은 못 보태도 입은 보태던 홀아비 그 사람

동네 길흉사 뒷자리 마다하지 않던 그 사람

작은 비에도 거센 골짜기 큰 물살, 비켜가던 거문골 그 집

홀아비 그 사람 문지기로 살던 그 자리

환갑 넘은 큰딸

오가는 이들 재워주는 민박집 주인

신내림받듯 내리받은

그 집 그 자리 거문골 문지기

시도 때도 없이
— 안구건조증

시도 때도 없이 눈물이 난다

게으른 서방 둬서 아침 저녁 생솔 땔 때는 아궁이 앞도 아
닌데
늦은 저녁 못다 탄 냉과리 담은 화롯불 위 막장투가리 없
는 것도 아닌데

봄바람에도 눈물이 난다

둘째시뉘 가을 근친 엿동고리 소복하던 수수엿, 입덧하
는 며늘 모르는 척
시엄니 안방 다락 깊이 감추던 엿가락이 생각나는 것도
아닌데

눈물 시리다

첫 딸 시집보낼 때
꼭두서니 물들인 명주에 쪽물들인 깃 달아
목화솜 두둑이 넣어 원앙금침해주겠노라 오랖밭에 심어
석삼년 모은 목화솜

시동생 이부자리 해주라던 시엄니 살아계신 것도 아닌데

시도 때도 없이 눈물은 왜 이리 쏟아지는겨어

때전 광목 앞치마 집어들고 콧물 훌쩍이며 눈물 찍어내
는 울 엄니 낡디 낡은 민화 한 폭

미스 돈豚

나는 만인이 인정하는 사교계 에이스입니다
연분홍빛 탄력있는 피부가 사랑스러운
건강미인입니다
날씬한 다리에
한번도 하이힐을 벗은 적 없는 패션리더입니다
크고 작은 파티에 빠지지 않고 초대받는 에이스
그 누구도 나를 대신하지 못한답니다
가끔 마른 태太 씨가 무명 드레스를 두르고 메인을 탐내지만
언감생심이지요
나는 누구와도 비교 불가한 무대 위의 여왕이니까요
늘 위를 보는 삶
메인의 첫째 조건 우아한 미소를 만들기 위해
몸, 밖에 벗어두고
차디찬 물속에서 혹독한 훈련을 마다않는
미모와 교양을 자랑하는 나는 에이스입니다
귓속 콧속까지 관리받은 연분홍 고운 얼굴에
초승달처럼 가느다란 눈웃음
잇몸이 보일 듯 말 듯한 우아한 미소
그 누구도 흉내낼 수 없는 매력이란 걸
사교계에서 더 잘 아니까요

그 미소에 눌려
내 앞에 서면 모두 예의를 갖춘답니다
그뿐인가요 홀린 듯 지갑을 열더라구요
에이스라는 푸른 직인을 보셨지요
나는 만인이 인정하는 에이스 미스 돈豚입니다

처서

바람이 몸을 바꾸었습니다

서늘하게 돌아선 당신
그대의 변심이 소름돋는 아침입니다
바람의 변심은 무죄라고
한낮 쏘아보는 햇살이 따갑습니다
그대가 부르던 세레나데는
상쾌하지도 달콤하지도 않았습니다
고백하건대 난 한번도 당신을 사랑하지 않았습니다
당신이 마음을 고백할 때마다
끈적이는 속삭임이 불쾌했습니다
당신의 고백을 받아들일 수 없어
밤새 창문을 닫아도
계속 들리는 창 밖의 세레나데
지치지 않는 그 열정에 가끔은 미움도 사랑이려니
귀를 열어보기도 했지만
새벽까지 식지 않던 당신의 그 끈적이는
속삭임은 정말 견디기 힘들었습니다
어느 날, 문득
당신의 저 열정이 식지 않으면 어쩌나 하는

나의 염려를 염려하듯

"사랑은 변하는 거야"

당신은 서늘하게 돌아섰습니다

십 문 칠 반, 벗어놓고

성난 얼굴 어둡더니

새벽녘 기어이 터지고 말았다
옆집 개 컹컹 짖더니
닫힌 창으로 찬바람 서늘했다

사분사분 버선발 소리
서걱서걱 광목 치마 스치우는 소리

섣달 한참 저문 날이었다

저 무심한 것들
조상도 모르는 괘씸한 것들
스무나흘 기제사 지나칠까
하얗게 놀라 달려오신 어머님
폭설로 몰아치던 무언의 말씀

나이 지긋한 소나무 흰머리 숙였다
어린 쪽동백 화들짝놀랐다

청품 김 씨 청풍 부원군 26대손 중종가 종부

눈이 뽀얗게 몰아치고 떠나셨다
한숨 푹푹 빠지며 가셨다
십 문 칠 반 고무신 벗어놓고 맨발로 가셨다
이른 아침

숫눈 위에 찍힌 직박구리 발자국

풍장風葬 중이다

석화로 모퉁이
늙은 소 풍장風葬 중이다

누운 자리 백 살이 넘은 소
새김질 멈추자

이방객들 지붕 위 기어오른다

평생 코뚜레 없이 방목했어도
누운 자리 떠난 적 없는

혹자는 고래등이라 하나
저 집의 당호는 누운소[臥牛停]였다

문병 핑계 자리한 이방객들
떠날 기약이 없다

바람 후견인처럼 드나드는

돌아눕지 못한 옆구리 욕창으로 번져

새김질 멈추자

등고대 무너진 지 오래

한시절 영화롭던 모란 무늬 꽃창살 젖고 또 젖어

저승꽃 얼룩진 수의

문풍지 펄럭이며 뒤늦은 부고를 보낸다

가진, 횟집이 있던 자리

가진 것은 바다뿐인 가진항도 숨겨둔 그곳

옹알이하는 파도에서 비린내가 났다

비가 오려는지 투레질 심한 입가에 포말이 인다

서서히 커지는 바람의 보폭
바람의 보폭 커질수록
바닷물 먹물처럼 검푸르러진다
제 몸 붓삼아 물 속 휘젓던 미역 한 줄기
낙서 하나 없는 모래벌 위에 던져졌다
모래밭 화선지 삼아
일필휘지로 써내려간 추사체 문장 하나
감탄사 절로 나오니
명필은 난발하는 게 아니라고
게거품 문 파도
급하게 달려와 순식간 지우고 간다

실외기

에어컨 실외기가 고장이라고
세입자에게서 전화가 왔다
수리하고 영수증을 찍어 보내라고 했다
실외기 고장이라는 말에
나이든 실외기
오랜 노숙의 원망을 생각하다가
고층 벽에 매달려 유리를 닦는 이처럼
줄 하나에 매달려 바람에 말라가는
시래기의 한뎃잠을 생각하다가
구들잠을 자면서도
늘 바람이 드는 것은 무엇인가
구들장 온도를 높여도 날개 없는 죽지가 시리다
전생에 빌린 어느 노숙의 인연
사글세를 준 빌라 오래된 실외기 고장처럼
그 노숙의 후유증을 내가 앓고 있는가
그의 성난 항거가 내게 청구서를 보낸 것인가
고장난 실외기에 골몰해지는 시간
머릿속 소음이 역풍으로 윙윙거린다

아디다스 노인

아들이 신던 아디다스 운동화
뒤축 주저앉혀 현관에 벗어두고 갔다
발내 남아 있는 운동화
보호자 기다리는 길 잃은 노인처럼
한자리 앉아 현관문만 바라본다
임시 위탁인 줄 알았더니 연락이 없다
설마 잊고 있지는 않으리라
금방 찾으러 온다는
꼼짝 말라는
보호자 당부 잊지 않고
한 곳 바라보며, 미동조차 없는
버려진지도 모르는 저 노인
남의 말하기 좋아하는 호기심들
짐이 되어버렸나
끌끌 혀를 차도
아들이 오면 금방 한 발 내디딜 듯 육신 멀쩡해
요양원 위탁도 할 수 없는,
돌아앉으면 낯설까 두고 간 냄새 끌어안고
현관문만 바라보는 아디다스 저 노인

4부

입동

웅크린 배추밭에 어둠이 서둘러 내렸다

가로등 그림자로 서서 여섯 시 이십 분 버스를 기다린다

발등이 배추 겉잎처럼 얼어온다

빨래를 개키는 저녁

마른 하루를 걷어들이는 저녁

햇살 아래 종일 널렸던
잘 마른 하루를 걷어들인다
어긋나기만 하는 약속을 조율하듯
구멍이 날 듯 말 듯 낡은 것들 짝을 맞추고
얼룩 남을까 삶아 빤 일상을 가려놓는다
낡은 속옷의 고무줄처럼 헐렁해지는 잔소리

절대 어울릴 거 같지 않은 우리는 사십 년 넘게 짝을 맞추
었다

날마다 아침이면 목소리 큰 일상이 돌아가고
오후면 소리없이 건조된 하루를 걷어들였다
구멍나고 해진 삶을 빨아 꿰매고 다림질한 사십여 년
오늘도
햇살에 내 널었던 하루를 거두어
개키고 분리하여 각자의 서랍 속에 넣었다

관곳*에서

해거름녘 관곳 앞바다
썰물에 드러난 꺼멍바위 위 호미질 바쁘다
맑은 날이면 남해 땅끝마을 보인다는
육지 가장 가까운 곳이라는
낡은 표지판 아래
늙은 가장 같은 낡은 스쿠터 여남은 모여
바다 캐는 아낙들 기다린다
할 줄 아는 거라곤 아낙 등에 실어
꺼멍바위 아래 내려주는 것
육지 한번 데려가준 적 없다
무늬만 가장인 늙은 사내들
평생 제 몸 하나 건사해본 적 없어
울들목 뛰어들어 물살캐는 아낙들 기다려온 생
늙을수록 자격지심만 늘어 목소리 커진다
나도 빛나던 시절 있었다고
나도 잘나가던 시절 있었다고
무료함 이기려 큰소리들쳐도
낡은 바퀴 바람빠지는 허풍서니 허허로움
목울대 높일수록 쓸쓸함 커지고
기다림 길어질수록 한쪽으로 기우는 불안, 초조하다

*관곳 : 육지가 가장 가까운 제주도 동쪽 물살이 험해 제주 울들목이라는 곳.

백록이 변이되어

한라산 백록담은 흰 사슴 신선과 놀고 지던 곳
지금도 겨울이면
흰 사슴 무리지어 모향으로 내려온다고
하얗게 무리지어 달려온다고

은하수와 맞닿는 그곳

신선만이 머물 수 있다는
지상에서의 한계절
백록의 겨울이 오면
모천으로 돌아오는 연어처럼
어미의 계절로 돌아와 설화만 남겨놓고
사라진다는 백록의 후손들

사려니 숲속
백록을 위한 숨겨진 숨골들
언제부터일까
산죽 떼거리들 설화를 담보로 한라산 숨골 조여와
한여름 돌아가지 못한 백록의 잔설들
절대 민낯 보일 수 없다고 실루엣으로 가리는 구름

눈치빠른 한라산 바람
변검술처럼 안개 장막 펼치며 수시로 백록의 얼굴 바꿔준다

눈물꽃, 지기까지 삼 년 반

화분에 귤나무를 키웠다

구멍난 낡고 작은 신을 신은 발처럼
뿌리들이 화분 밖으로 빠져나왔다

웃자란 가지 자르고 큰 화분으로 옮겼다

그가 바라던 것이 공중누각이었나!

낡은 신, 발가락 나오던 가난보다
꿈이 잘린 무참함인가
가지 잘린 자리마다 열매 맺지 못한 눈물꽃
무수히 피었다 진다

한로

계절 모르는 고추꽃 무성하다
꽃 진 자리 어린 고추 매달렸다
이번 생 끝물이라는 소문
제 생의 끝인 줄 모르는
저 마지막 푸르름 처연하다
이미 떠난 사랑
속절없이 시들거면서
찬바람에 꽃은 왜 피는가

눈물도 시린 날

마지막 사랑이 남긴 저 철모르는 것들

그날 밤, 초승달이 보았다

연봉 툇골 오리집에서
오리고기 양념구이에 소맥 두어 잔 마시고
장국시로 후식을 하고
콜한 택시도 되보내고
호접몽이듯 구운몽이듯 둥실 두둥실
천상을 오가며 걷다가
소낙비로 늘어난 봇물 출렁인다
국지성 소나기로 퍼부운 소맥 두 잔
급속하게 봇물 늘어나 수문 열고 싶지만
아직 견딜 만하다고
단오날 초저녁
구름 문 하늘 올려다보다
비워둔 하늘 귀퉁이
오월 초닷새 눈썹달
저녁별 하나 데리고 눈웃음 실실
내 발자국 따른다
함부로 수문 열면
저것들 몇 날 며칠 쑥덕이며 보름달로 키울 소문
좀 더 견뎌보자 하니
막아놓은 봇물 위험수위 넘을 듯 말 듯

수량 조절 불가능하다
둑이 터지기 일보 직전 수문을 열었다
넘쳐나는 도랑물
물꼬 튼 논마다 출렁거려
올 논농사 풍년 들겠다

강아지풀

홍천강 천변 유기견 세상이다 송아지는 자라면 소가 되고 망아지는 자라 말이 되고 하물며 고도리도 자라 고등어가 되고 풀치도 자라면 갈치가 되는데 꺼병이도 자라면 꿩이라 하고 병아리도 자라면 닭이라 부르는데 어쩌다 이 강아지들 성견이 되어도 강아지라 불릴까

세상에 태어나 꼬리도 되지 못한 생 차라리 꼬리를 머리라 하자 저 성난 무리 칠팔월 폭염에 시퍼렇게 이를 드러낸 한 번 물면 놓지 않는 미늘처럼 거꾸로 세운 털들이 앙칼지다

겨울, 불발령 소묘

홍천 내면에서 불발령을 넘으려다
한겨울 배추밭에 섰다
소묘로 그려진 눈 덮인 빈 밭, 배추 몇 포기 남아 있다
얼고 또 언 노숙의 흔적
얇아진 껍데기 겹겹으로 두른 채 웅크리고 있다
몇 겹인지 알 수 없는 언 잎들 벗기다
폭설 속에 동사한 어미*의 품에서
말간 얼굴 내밀던 어린 여자아이처럼
손끝 하나 얼지 않은 어린 배추속 빤히 쳐다본다
차마 다시 그릴 수 없어 소묘로 남겨놓은
자운리 저 겨울 불발령 모정

* 1978년 홍천군 내면 자운리에서 불발령을 넘어 친정으로 가다가 폭설을 만나 길을 잃어 어린 딸 품안에 살리고 동사한 박정렬 여사.

사람볕

역병에 멱살이 잡혀 문 밖 출입 못하다가 보름 만에 오일
장 나왔다는 성동할매
　양지 끝에 피땅콩 검정콩 한 봉지 들기름 한 병 펼쳐놓고
　오가는 장꾼들 바라보며, 사람을 못쬐니 죽겠더구먼

파꽃

천변 한 평 파밭에
빚 독촉하는 사채업자처럼
하얀 나비 몇 마리 며칠째 들랑날랑
반백의 저 여인
가진 거라곤 텅 빈 몸뚱이 하나

버선목이라 뒤집어보일 수도 없고,

신당나무 그 남자

태초부터 그의 조상은 낯선 신을 모시던 샤먼이다
평생 신을 모셔야 할 운명을 타고난 남자
연봉다리 건너
이름도 생소한 어느 당 현수막 아래
구당인지 신당新堂인지 모를 현수막 아래
초록초록 깃발 뽑아들고
소리 없는 방울다발 흔들며 이웃 점괘나 보는 저 남자
제 신당神堂 한 칸 갖지 못한 제 몸이 신당인 저 남자
복채도 없이 남의 신수나 보는, 해마다 봄이 되면 조상신
찾아와
붉은 깃대에 초록초록 새 깃발 나부껴도 내림굿 한번 하
지 못한 저 샤먼의 후손
올해도 오월이 오니 어김없이 조상신神 초록으로 찾아와
은방울다발 흔들며 울 너머 쥐똥나무 점괘를 찾는다

11월

가을이 저물고 있다
스산한 산그림자 들판을 덮는다
이미 몸빛 어두워진 강물
앞다퉈 내딛는 발걸음 바쁘고
언제부터일까 발길 돌린 바람
유난히 싸늘하다
누추를 걸친 천변 갈대 무리
등을 미는 서릿바람에
약속이나 한 듯 한 곳을 향해 머리 숙였다
가을은 어디로 가고 겨울은 어디에서 오는가
계절을 향해 경배하는 저들의 충성
덩달아 가을 놓친 갯버들
남루 벗지 못하고 11월 들었다

푸른 그림자를 아버지라 불렀다

청약 0순위이던 나의 아버지

25-19

생애 처음으로 아파트가 당첨되었습니다

두 몸 겨우 누일 수 있는 평수이지만
어머니 함께할 수 있어 아방궁입니다

비가림도 없는 허방에 홀로 남겨졌던 아버지

선산에 발도 디디지 못한
문중, 열외가 된 중종가 종손이었습니다

크고 선한 눈에 긴 속눈썹을 가진
남 아픈 말 할 줄 모르는
창백한 얼굴에 만성의 가슴을 앓던
딸만 낳아, 문중 열외가 된 종손이었습니다

눈물도 시리던 정월 열이레, 맨발로 얼음 같은 세상 건너

비가림 없는 허방에 누워
소구니 여울 푸른 버들이 된 아버지

그 푸른 그림자를 아버지라 불렀습니다

25-19

32년생 임신년 원숭이띠 나의 아버지

새 아파트 주소입니다

*한국전쟁 참전 경찰이었던 아버지는 돌아가시고 몇 년 후 유공자로 인정받아 호국원에 안치할 수 있었다. 23년 전 일이다.

염을 하다

제 몸보다 큰 가마솥을 품던 그는 현자賢者였다

가시면류관도 그 앞에선 피를 보이지 못했다

조왕신도 두려워하던 그는 성주대왕이었다
가택신들이 두려워하던 그
어둑시니 두억시니도 재로 만들던 그는 천신天神이었다
숱한 아귀餓鬼 몸사리게 하던 그
그의 앞에 발설된 숱한 비밀이 그의 입에서 함구되었다
천상의 비밀도 지켜주던 그

강풍주의보 있던 날

생이 끝난 쓸모 다한 화덕, 전설이 된 그의 입에
저승 노자로 옛 가족등본 한 장 성냥 그었다

연민의 깊이와 공감의 시학
— 김영희의 시적 지향

백인덕/ 시인

1

개인 서사로서 시의 진정성은 대상의 선택이 아니라 구성 요소의 구체성을 통해 확보된다. 주지의 사실이지만, 서사는 '인물, 사건, 배경'이라는 세 요소의 변화의 기록이다. 물론 이 '변화'를 만드는 힘은 시간이다. 시간은 존재 생성에 필수적인 개념이지만 두 가지 측면에서 개인의 차원을 넘어선다.

그 하나는 누구도 자신의 태어남을 스스로 결정할 수 없다는 것이다. 따라서 그의 시대, 장소, 관계는 미리 결정된 선험적인 숙명성을 내포할 수밖에 없다. 다른 하나는 인간 존재가 결코 자연의 범주를 벗어날 수 없다는 것을 수시로 깨닫게 한다는 점이다. 문명은 자연을 넘어선 것이 아니며 아무리 발버둥쳐도 인간은 자연의 일부, 지능적으로 변형된 부분일 뿐이다. 이처럼 시간에 주목하면 세 구성 요소 중에서 특히 인물의 변화를 포착하기가 쉬워진다. 결국, 개인 서사로서의 시는 어쩔 수 없이 주인공인 '시석 화자'가 들려주는 이야기가 된다. 시적 화자는 시인이 작품에 설정한 '이야기꾼(대리자)persona'이다.

'페르소나'는 고대 그리스의 가면극에서 역할에 따라 썼다 벗었다 하는 탈에서 나온 이름이다. 정신분석학자 융C. G. Jung의 심리학에서 페르소나란 한 사람이 그의 외부와 관계를 맺을 때, 그 외부에 대하여 보여주는 인격을 말한다. 이 페르소나는 우리가 자신을 밖에 보여주고자 하는 측면도 있지만, 더욱 많은 경우 우리가 이미 다른 사람들로부터 규정되어 있는 자기 모습에 적응하고자 하는 측면을 지칭한다. 페르소나는 타인의 인상에 부합하려고 하는 자기상自己像이며 내가 어떻게 되어야 하겠다는 역할, 기능적 자기상이다.

페르소나가 대리한다고 볼 수 있는 '자아정체성ego identity'과 관련하여 최근의 인지과학은 서사의 중요성을 더욱 강조하고 있다. 미국 에모리대 뇌과학자이자 정신과 의사인 그레고리 번스Gregory. S. Berns는 "자아는 수많은 사건 중에서 특정한 부분을 편집하고 맥락을 이어붙인 기억의 집합"이라고 정의했다. 인간은 진화 과정에서 과거, 현재, 미래의 자아를 연결하기 위한 인지기술을 발전시켰는데, 그 결과물이 이야기다. 뇌가 빚어낸 서사 구조를 갖춘 좋은 이야기야말로 '나'를 설명하는 가장 효과적인 도구라는 것이다. 뇌는 우리가 겪은 수많은 경험으로 점철된 삶의 기억을 인식하고, 압축시키고, 예측하고, 해리하는 과정을 통해 생성된 이야기를 엮어 서사를 만들고, 자신만의 자아 정체성을 형성하게 된다고 주장한다.

김영희 시인의 이번 시집, 『그 속 알 길 없다』는 형식상 옴니버스처럼 여러 겹의 서사가 각기 별개인 것처럼 완결되어 병렬적으로 배치되어 있다. 하지만 모든 이야기의 기저基底에는 아무나 쉽게 흉내낼 수 없는 깊이의 '연민compassion'이 흐르고 있고, 그것은 소여所與된 감정이 아니라 일종의 기도企圖처럼 '공감sympathy'을 지향하는 힘으로 작용한다.

한낮 달궈진 시멘트 농로 위에
양각의 육서肉書로 남아 있는 지렁이의 서체
미완의 글자들이 젖어 있다
어떤 절박함이 뜨거운 길 위에
남은 생을 다해 육서를 쓰게 했을까
제 몸을 붓 삼아 행간도 없이 새기다 멎은 문장
무슨 말들을 남기고 싶었나
죽음 뒤에 남기고 싶은 문장이 무엇이었을까

아무도 읽을 수 없는
미완의 글자들이 햇볕 아래 비문으로 남아 있다

—「비문碑文」전문

경험은 사건 안에 갇히지 않음으로써 유추의 계기가 되고, 이를 통해 새로운 인식으로 나아갈 수 있다. "한낮 달궈진 시멘트 농로 위에" 몸이 말라 비틀려 죽어 있는 '지렁이'는 사실 특별한 관찰 대상이라 할 수 없다. 스치듯 혹은 유심히든 언제가 한번쯤은 목도目睹했을 만큼 일반적이고 미미한 사태이기 때문이다. 하지만 시인이 죽은 지렁이를 '사체'가 아니라 '서체'로 인식하는 순간, 지렁이는 한갓 사물이 아니라 '육서'가 되어 그 시작인 "어떤 절박함"과 결말이라 할 수 있는 "죽음 뒤에 남기고 싶은 문장"을 연이어 상상하게 한다.

물론 이러한 상상은 시인의 눈이기에 가능한 것일지도 모른다. "미완의 글자"나 "새기다 멎은 문장", "남기고 싶은 문장" 등이 아직 시작詩作의 한가운데를 지나가고 있는 시인이 연상하기에 그리 어려운 일이 아니기 때문이다. 시인은 비록 '비문'이라 해도 지상('시멘트 농로')의 글을 읽고자한다. 이것은 시인이 많은 작품에서 의인화 기법을 사용하면서도 결코 교훈적이거나 초월적 성향을 드러내지 않는 이유를 짐작할 수 있게 한다.

가령, '누운소臥牛停'라는 당호를 가진 집의 쇠락을 지켜보면서 "석화로 모퉁이/ 늙은 소 풍장風葬 중이다"(「풍장風葬중이다」)라고 담담하게 서술할 수 있는 것은 생멸의 이치에 대한 인식을 눈앞의 대상을 향해 끊임없이 투사하고 있기 때문이다. 다시 말해, '와우정'은 무생물인 건축물이지만 시인에게는 "누운 자리 백 살이 넘은 소"이기도 하기에 집의 풍화작용은 곧 늙은 소의 '풍장'인 셈이다.

최씨네 할머니

할아버지 떠나고도 십여 년 함께하던

늙은 집 홀로 두고 서울 아들네 갔다

봄이 되면 올 거라고 떠났다

혼자 남은 집

그동안 무슨 꿍꿍이가 있었나

할머니 떠나자

노숙하는 것들 모두 불러들였다

앞마당 뒷마당 빈틈없이 불러들였다

음흉한 저 속 알 길 없어

전세금 커녕 월세 보증금 하나 없는 것들

무슨 작당을 하려고 저리 불러들이나

텃구렁이 떠난 그 집

꽃뱀 앞세워 기획부동산을 하려나

길고양이들도 방 한 칸씩 차지했다

— 「그 속 알 길 없다」 전문

이 작품을 순식간에 살아나게 하는 중심 시어는 '속'이다. "늙은 집", "혼자 남은 집", "텃구렁이 떠난 그 집"이 대상으로서 사물의 실제를 드러낸다면 "꿍꿍이", "음흉한 저 속", "작당" 등은 시인이 대상에 투사하는 정서적 감응의 성격을 암시한다. 시인은 할아버지, 할머니 즉 거주자의 내력보다 긴 세월 함께했지만, 혹시 다른 생각을 가졌을지도 모를 '집'의 속사정을 궁금해한다.

여기서 "알 길 없다"라는 부정문은 '속'이 집의 개념적 정의거나 쓸모에 따른 가치 정도가 아님을 단적으로 드러낸다. 즉, 시인이 알고 싶은 '늙은 집'의 속은 본질이 아니지만, 또한 누가 거주했다는 현상의 의미도 아니다. 그렇다면 어떻게 해야 우리는 "혼자 남은 집"의 진짜 '속'을 알 수 있을까?

2

모든 개별적 존재는 '단독자單獨者'로서 다른 모든 것과의 차이를 본질적으로 내장內藏하고 있다. 주지의 사실이지만, '단독자'는 키르케고르가 제시한 실존주의 개념 중 하나로 인간은 전체성만으로 파악될 수 없는, 주체적이고 개별적인 존재임을 이르는 말이다. 그러나 이 주체성과 개별성의 강조가 섣불리 전체성을 배척하거나 인간 실존을 진공상태에 가두려는 것은 아니다.

앞에서 언급했지만, 인간은 시간 안에서 태어나고 그 태어남은 선험적으로 시대, 장소, 관계를 부여한다. 우리는 모두 자기 생을 관통하는 시대정신을 갖고, 개념과 이름이 아닌 구체적 사물로서의 장소에 위치해서, 특정한 사회 문화적 관계 속에서만 '자아정체성'이라는 존재의 기획을 실현할 수 있다.

김영희 시인은 이번 시집에서 원형적이면서 동시에 개성적인 두 개의 차원을 보여준다. 범상할 수밖에 없는 '시간과 공간'에 대한 사유를 시인의 구체적인 체험을 덧입힌 개성적인 인식으로 바꿔 형상화함으로써 독자에게 새로운 시의 지평을 살펴볼 기회를 준다. 이를 통해 우리는 알고 있는

시간이 아닌 바로 '그때'와 이름과 위치가 아닌 '그곳'을 추
체험할 수 있다.

　온동네 밤꽃으로 환했다

　꽃냄새에 동네가 어질어질했다

　올망졸망 꽃 진 감자싹을 당기자
　닭알같이 귀여운 감자알이 달려나왔다

　해마다 빈 싹만 무성하게 키우다가
　그해
　처음으로 실한 감자를 캤다

　아들이 태어나던 유월 스무하루즈음이었다

―「하지」 전문

　계절 모르는 고추꽃 무성하다
　꽃 진 자리 어린 고추 매달렸다
　이번 생 끝물이라는 소문
　제 생의 끝인 줄 모르는
　저 마지막 푸르름 처연하다
　이미 떠난 사랑
　속절없이 시들거리면서
　찬바람에 꽃은 왜 피는가

눈물도 시린 날

마지막 사랑이 남긴 저 철모르는 것들

—「한로」전문

　이번 시집에는 앞에 인용한 두 작품 외에 24절기의 절기 명名을 제목으로 한 작품이 여러 편 배치되어 있다. '우수', '입춘(「입춘 무렵」)', '경칩', '입하(「대추나무」)' '처서', '입동' 등이다. 절기의 개념은 전 세계 공통이나, 24개라는 개수와 명칭, 그리고 태양의 움직임을 기준으로 하여 태음력의 단점을 보완한다는 발상은 중국의 화북지방에서 처음 고안되어 이후 동아시아 전역으로 퍼져나갔다. 우리의 경우 조선 시대에 도입된 것으로 추정되고 있다. 이 설명에서 주목할 점은 24절기가 순전히 음력에 기준한 것이 아니라는 점과 주로 벼농사를 하는 지역에서 중요하게 사용되었다는 점 정도일 것이다.

　절기상 '하지'는 "1년 중 낮이 가장 긴 날"이다. 인용 작품에서는 "꽃냄새에 동네가 어질어질"할 정도로 "밤꽃으로 환"한 날로 묘사되고 있다. 실제 현상이겠지만 낮이 가장 긴 날을 '밤꽃'으로 의식하는 건 일종의 반어적 의미를 내포한다. 또한 '밤꽃'이 유희와 쾌락의 상징으로 자주 사용된다는 점을 상기하면 '감자'를 수확하는 화자와 대비된다는 점에서도 일종의 부조화가 느껴진다.

　하지만 그것은 '하지'라는 집단적, 문화적 원형에 따른 이해일 뿐이고, 시인은 그날을 "아들이 태어나던 유월 스무하루 즈음이었다"라고 극적이고 구체적인 사건으로 기억함으로써 '밤꽃'과 '감자'의 편차를 일순간에 지워버린다. 이는 개인의 무의식 원형이 문화라는 집단 원형에 녹아들거나 비롯할 수 있음을 단적으로 반증한다. 마찬가지로 '한로'는 "찬 이슬이 맺히기 시작하는 날"이지만 시인에게는 "꽃 진 자리"에 매달린 '어린 고추'의 "제 생의 끝인 줄 모르는 저 마지막 푸르름"이 처연해서 "눈물도 시린 날"로 인식될 뿐이다.

바슐라르를 오래 연구했고, 그의 '몽상의 시학'을 시로 형상화하고자 했던 이가림 시인은 한 저서에서 "고향이란 하나의 영역이 아니라 차라리 하나의 물질이다. 이러한 물질로서의 고향에 연결된 인간은 결국 편애하는 하나의 이미지, 하나의 원시적인 감정, 근원적으로 몽상적인 하나의 기질에 지배당한다"라고 밝힌 바 있다. 같은 절기에도 지형과 같은 환경적 요인에 따라 해야 할 일이 다르다. 벼농사 지역에서 하지는 '물 관리'를 해야 하는 시점이지만, 영서 지역 같은 고지대에서는 감자나 메밀을 수확해야 하는 시기인 것처럼 말이다. 시간만큼 장소는 시적 개성의 형성에 절대적인 영향력을 행사한다.

이번 시집에서 '장소성'은 '한곳에 오래 머무름'이라는 특징을 통해 구체화된다. 대표적인 표상은 '나무'이고 '화분', '분재'와 같은 이미지 계열을 거느린다. 나무는 한자리에 고정되어 있지만, 또한 한생을 살아가고 있다.

"꽃샘바람 길을 막아도 봄을 명중하던 명사수"인 '화살나무'(「봄, 길을 잃다」)가 그렇고 "잎, 자라지 않아 달거리부터

온 조숙중"의 '대추나무'(「조숙중」)가 그렇다. "거친 손 내밀어 무른 살구 떨궈주던" 옆집의 '살구나무'(「불법체류자」)도 있다. 게다가 시인은 "한번 찔리면 시무날을 앓아서 시무나무라는/ 묵은 사슴뿔 같은 가시 박힌 손바닥"(「시무나무 가시 박힌 적 있다」)을 해마다 오월이면 펼쳐보곤 한다.

서정께 상여집 지나 거문골 입새 홀아비 그 사람
마누라 자식내 하다 진자리서 보내고
젖내 가시지 않은 두 딸 하고 거문골 문턱에 살던 사람
신새벽 몰래 드나들던 타동 약초꾼 산뽕꾼 헛기침 한번으로
내쫓던 거문골 문지기 그 사람
산둥성이 구구하던 산비둘기보다 거문골 한나절 더 훤하던 사람
개호주 내려와 어미개 물어갔다는 거문골 입새 그 집
머시마 딸린 과부 한 보름 살다 갔다는 소문 뒤
새 마누라 들였다는 소식 없던 그 사람
환갑 지나도 동네사람들 헝걸이라 부르던 사람
동네 어린것들 덩달아 헝걸이 헝걸이 하던 거문골 문지기 그 사람
동네 울력에 힘은 못 보태도 입은 보태던 홀아비 그 사람
동네 길흉사 뒷자리 마다하지 않던 그 사람
작은 비에도 거센 골짜기 큰 물살, 비켜가던 거문골 그 집

홀아비 그 사람 문지기로 살던 그 자리
환갑 넘은 큰딸
오가는 이들 재워주는 민박집 주인
신내림받듯 내리받은
그 집 그 자리 거문골 문지기

—「거문골 문지기」 전문

석화산과 거문골 등의 정보를 유추해도 시인의 고향을 특정할 수는 없다. 다만 시인은 애써 형상화하는 나무 이미지처럼 그 어디든 한자리에서 자신의 시간을 뭇 생명에 대한 연대와 사람살이가 빚는 깊은 의미에의 공감을 펼치고 있을 것이다. 마치 "오가는 장꾼들 바라보며, 사람을 못 쬐니 죽겠더구먼" 푸념하는 '성동할매'(「사람별」)처럼 그럴 것이다.

앞 인용 작품의 "거문골 입새 홀아비 그 사람"은 자본과 속도에 의해 파괴되어버린 공동체의 지난 전형성을 보여주는 인물이다. 그의 파란만장은 우리 시대를 압축한 의미도 있지만, "환갑 넘은 큰딸"이 "신내림 받듯 내리받은/ 그 집"에서 다시 '거문골 문지기'를 자처한다는 데서 한 시대를 거뜬히 초월하는 거목의 웅대함이 느껴지기도 한다.

3

김영희 시인이 보여주는 연민은 깊이가 남다르다. 자칫 연민을 '대상에게로 향하는 감정'으로 오해하기 쉽다. 그러면 연민은 동정과 구별할 수 없게 된다. 연민은 '함께com' 무

엇인가를 '열망passion'하는 상태여야 한다. 가령, 그리스도
의 가시면류관에 연민하는 것은 가시면류관이 초래하는 고
통에 감정이입하는 것이 아니라 그 대속代贖의 무게를 함께
떠받치겠다는 연대와 참여의 계기이어야 한다.

　　제 몸보다 큰 가마솥을 품던 그는 현자賢者였다

　　가시면류관도 그 앞에선 피를 보이지 못했다

　　조왕신도 두려워하던 그는 성주대왕이었다
　　가택신들이 두려워하던 그
　　어둑시니 두억시니도 재로 만들던 그는 천신天神이었다
　　숱한 아귀餓鬼 몸사리게 하던 그
　　그의 앞에 발설된 숱한 비밀이 그의 입에서 함구되었다
　　천상의 비밀도 지켜주던 그
　　수천 수만의 비밀이 그 앞에서 재가 되었다

　　강풍주의보 있던 날

　　생이 끝난 쓸모 다한 화덕, 전설이 된 그의 입에
　　저승 노자로 옛 가족등본 한 장 성냥 그었다
　　　　　　　　　　　　　　　　　—「염을 하다」 전문

　　시인은 "생이 끝난 쓸모 다한 화덕"이 보여준 불을 품고
견뎌낸 자질을 '현자賢者', '성주대왕', '천신天神' 등으로 격상

하여 칭송한다. 이때 마지막 '저승 노자'로 태워주는 "옛 가족등본 한 장"은 시인이 자기의 본래, 혹은 근본을 잊지 않겠다는 다짐의 역설적 행위라 할 수 있다.

라틴 아메리카를 대표하는 시인 옥타비오 파스는 시를 쓴다는 것의 최종적 의미를 "태어남은 죽음을 포함한다. 그러나 죽음과 삶이 서로 적대적인 것이 아니라는 것을 깨닫자마자, 태어남은 부족과 형벌의 동의어가 아님을 알게 된다"고 강조했다. 한생 내내 불을 견딘 '화덕'처럼 강인한 인내는 연민의 깊이를 더하고 공감의 폭을 확장하는 시 쓰기의 충분한 비밀이 되어줄 것이다.

현대시세계 시인선 166

그 속 알 길 없다

지은이_ 김영희
펴낸이_ 조현석
기   획_ 김정수, 우대식
펴낸곳_ 북인
디자인_ 푸른영토

1판 1쇄_ 2024년 07월 17일
출판등록번호_ 313 - 2004 - 000111
주소_ 121 - 842 서울 마포구 서교동 460 - 34, 501호
전화_ 02 - 323 - 7767
팩스_ 02 - 323 - 7845

ISBN 979-11-6512-166-2   03810
ⓒ김영희, 2024

이 책은 홍천문화재단의 지원을 받아 출간되었습니다.